angelo rizzi

rotta per l'india

Immagine di copertina : tappeto murale ricamato,
Medievales de Brignoles (Festa del Medio Evo), 2009
Foto di Angelo Rizzi

Opere dello stesso autore:

- *'Asfâr wa sirâb – Viaggi e miraggi* (bilingue), ed. I Fiori di Campo, 2003

- *'Inni qarartu 'Akhîran an 'arhala b'aîdan m'a-l-laqâliq – Ho deciso finalmente... andrò via con le cicogne...*, (bilingue), Collezione Maestrale, 2005

- *Decidí finalmente... irme con las cigüeñas...* Associazione Dreams, 2005

- *Poésies depuis la ville de Menton - Poésias desde la ciudad de Menton*, (bilingüe) ed. Edilivre, 2008 ; ed. BOD, 2016

- *Silvia o la ilusión del amor*, ed. Lampi di Stampa, 2010

- *Tierra del Fuego*, ed. Lampi di Stampa, 2014

- *Il caimano*, ed. BoD, 2014

- *Muhît al-kalimât – Oceano di parole*, (bilingue) ed. BoD, 2014

- *Guardando altrove*, ed. BoD, 2016

- *Poesia della Nuova Era Vol. I*, ed. BoD, 2016

- *Rotta per l'India* ed. BoD, 2016

- *El marcalibros*, ed. BoD, 2017

- *Rosso di Marte*, ed. BoD, 2017

Il volo

Lascia lente le briglie del tuo ippogrifo, o Astolfo,
e sfrena il tuo volo dove più ferve l'opera dell'uomo.
Però non ingannarmi con false immagini
ma lascia che io veda la verità
e possa poi toccare il giusto.

Da qui, messere, si domina la valle
ciò che si vede, è.
Ma se l'imago è scarna al vostro occhio
scendiamo a rimirarla da più in basso
e planeremo in un galoppo alato
entro il cratere ove gorgoglia il tempo.

testo: F. Di Giacomo, V. Nocenzi (Banco)

Viaggiatore atemporale, gioco, finzione, reminescenza di vite anteriori. L'io narrante attraversa i secoli, tra epoche e personaggi che hanno costruito la nostra storia, la storia del bacino mediterraneo in particolare, che poi nell'epoca delle esplorazioni marittime e dei grandi navigatori, è tracimata oltre i confini del mondo, «avvicinando il Levante al Ponente». Un libro che seduce per la sua originalità, raccontato in prosa, pur mantenendo lo stile della scrittura in versi, leggendolo fa pensare a vecchi manoscritti rilegati, allineati in biblioteche o sparsi per il mondo.

introduzione

Sono viaggiatore atemporale
tra il detto e il non detto
tra le epoche e il silenzio
il reale e l'immaginario
l'umano e il naturale
 il tempo e le vite passate
che spiegano la vita presente.
Cerco e non cerco un cammino
che incrocia altri cammini
uno sguardo
che incrocia altri sguardi.

il movimento del mondo

Sono viaggiatore atemporale
nessun luogo è lontano
per conoscere
il movimento del mondo
conoscere
il pensiero della gente
per camminare
con il sentimento della terra
attraverso le emozioni
che mi insegnarono le vite.

rotta per l'india

viaggi onirici

Quella notte
ebbi un sogno strano
camminando sotto le lune
mi ritrovai d'improvviso
in Amazzonia.
Uno sciamano indio mi diede
una bevanda di erbe amare
mi trasformai
in un'impressionante aquila
e volando così in alto
mi sentii libero
vedendo il passato
scorrere sotto di me
compresi
tutta l'energia che possedevo.
Un'altra volta, stavo seduto
in autobus rossi, a Londra
scendendo alla vista
di un negozio di libri
mi fermai a lungo
davanti alla vetrina
sopra una delle copertine
c'era scritto il mio nome

in seguito
mi persi camminando
per ritrovarmi
dentro un'altra immagine.
Fu una sera di anni fa
cenando
con mia madre, mio padre
li amavo molto Rosa e Luigi
fu una cena meravigliosa
una delle tante
prima che come uccelli esperti
volassero nel cielo infinito.

costellazioni

Da cinquemila anni
scruto i cieli
io, astronomo del re di Ur
tra la Lyra e il Cigno
ho scoperto una nuova stella
l'ho chiamata: Felicità.
A volte mi sembra lontana
altre volte un pò più vicina
molta gente, non riesce a vederla.

Da cinquemila anni
passeggio nel giardino
del regno di Ur
dove un'upupa mi ha detto:
Oggi è giorno di pace
però il sovrano
signore del mondo
parla di guerra.

Da cinquemila anni
contemplo gli astri
e in una notte senza luna

ho visto una cometa
dirigersi ad Oriente
laddove nascono altri soli
altre civiltà.

Da cinquemila anni
ci osservano le stelle
a volte riluggono d'allegria
altre volte si spengono di pena
però nel giardino del regno di Ur
continuano a sbocciare le rose.

acqua

Vanno le carovane
per ampi deserti
si fermano in oasi di sorgenti
in oasi di acquosità
dove si abbeverano uomini
dromedari
dove la notte attorno al fuoco
si abbevera anche la luna.
Vanno le carovane
di nuovo verso il nulla
fanno tappa in luoghi di pozzi
riempiendo gli otri
bevendo poco a poco
con parsimonia
il liquido prezioso
tanto è il calore
che a sorsi bevono gli uomini
i cammelli
a sorsi beve il sole.
Vanno le carovane
dal lago Tchad sino al fiume Niger

sostano presso la sponda
e la notte attorno al fuoco
cantano i bardi l'inno dell'acqua
del liquido prezioso.
Vanno le carovane
dentro una nuova aurora
sotto una pioggerella
l'unica dell'anno
sotto una pioggerella
l'unica dell'anno.

il cedro

Guardando dal basso
il cedro più che centenario
mi sento bimbo
dentro un'immagine di fiabe
figlio della natura
meravigliato
di fronte a questo tronco
che mi domina
mi impone la sua grandezza
la sua storia
i suoi rami che si estendono
a ritmo alternato
sembra umano
e credo lo sia.
Lui solo sa
quanti e quante
passarono sotto la sua ombra
forse umili, re
regine, artisti
vagabondi

imperatori di un giorno
di una vita
o del nulla
lo ammiro, lo ammiro
mentre orgoglioso
raccoglie le parole
nell'albero
della mia meraviglia.

la calma

Da dove viene
questo suono di flauto?
suono sordo, diffuso
che scivola tra i tremori
dell'allegria
che perfora la nebbia
della calma
che invade l'udito
di tenerezza assorta
flauto andino che va nella notte
flauto di miele.
Da dove viene?
Chissà dal Cile, Perù, Bolivia
Ecuador
scendendo dalla Cordigliera
che non conosco
scendendo dalle cime
che toccano il cielo
magica voce del popolo andino
come un'impronta
attraverso i secoli.

assurbanipal

Quando Assurbanipal ebbe l'idea
ci fu un'eclissi totale di sole
ognuno di noi scribi
aveva un compito
una direzione, una missione.
Non fu facile raccogliere
le ventiduemila tavole d'argilla
non fu facile viaggiare per tutto l'impero
cercare, comprare, riunire
i manoscritti cuneiformi in terracotta
per formare la prima biblioteca.

al andalus i

Ho negli occhi
una traccia di bellezza
si chiama: Alhambra.
Sui muri, la calligrafia
cufica
è un viaggio nel passato
solo andata
rischi di perderti
tanto è visiva
impressionante
ipnotica.
Vado, non vado, esito
non posso lasciarla subito
devo sedermi, osservarla
sperando che mi scivoli dentro
per farmi ricordare
ciò che è necessario
ricordare.

al andalus 2

Il regno di Granada
mi richiama alla nostalgia
nel primo cortile
nel *Patio dei leoni*
mi colpisce
la magica simmetria
architettura che canta
la bellezza, la storia
la possibilità
che possiede l'umano
di costruire
invece di distruggere
così seguendo il labirinto
della maestosità
incontro l'armonia
nel secondo cortile
nel *Patio dei mirti*
seduto sopra una sedia
del secolo tredici
ammiro la semplicità
l'incanto che emana il luogo
la presenza dell'acqua
il suo silenzio notturno.

Sopra i muri
in bassorilievo
versi del poeta Ibn Zamrak.
Credo fu lui ad invitarmi
io bardo viaggiatore
nel recital di poesia
alla corte del sultano
nell'ultima epoca
dove vissero assieme
cristiani, giudei
e musulmani.

rotta per l'india
(primo viaggio)

Poeta!
Cantaci una lirica nuova!
Una lirica che possegga
immagini di sogno
che sia invasa da parole di favola
e dove l'umano partecipi al cosmo…
Bene!
Molto tempo fa
mi ritrovai all'improvviso
con gente di mare
sopra un galeone
parlando portoghese
ci imbarcammo verso sud
circumnavigando l'Africa
per cogliere il segreto
del ruggito del leone.
Durante il giorno
ci accompagnavano il sole
le strida dei gabbiani
i salti dei delfini

e quel blu immenso
a perdita d'occhio.
Nei momenti notturni
ci accompagnavano
tutte le lune
che abbiamo incontrato
la galassia illuminata
la solitudine dei pensieri
e il rumore del mare.
Andavamo verso l'ignoto
con la coscienza di chi segue
ciò che racchiude il cuore
un miraggio che non puoi toccare.
Andavamo verso racconti
di spiriti ed orchi
verso leggende
degli oceani dell'India
incontro a storie di tappeti volanti
di magiche lampade
verso città dalle cupole d'oro
re e sultani
harem misteriosi
andavamo incontro
a terre inesplorate

verso il richiamo dell'avventura
e la bellezza rara
delle donne d'oriente.
Il comandante Vasco da Gama
socchiudeva un poco gli occhi
concentrava il suo sguardo
nell'infinito
aveva una missione
cercare tra i mari
la rotta per l'India
avvicinare il Levante al Ponente.
Avevamo una missione
seguire il suo sogno
e participare all'universo.

rotta per l'india
(secondo viaggio)

… dopo le tempeste del Mar Grande
in un fulvo tramonto costeggiammo
le mangrovie nel golfo di Guinea
con noi la pace, nell'anima…
virando un poco a sud
per una nuova rotta
fino al Capo, poi a oriente
riconoscendo le longitudini
e l'istmo del Mozambico.
Vidi Vasco da Gama
lo sguardo fisso all'orizzonte
con rispetto mi avvicinai:
Mio comandante!
Cosa ti preoccupa?
Si girò verso di me
con un sorriso assorto
mi invitò con un gesto
della mano dicendo :
Guarda la densità del blu!
Quel blu, laggiù, davanti a noi
è assenza di vuoto…
si riempie di blu
e spazio non ne rimane.

rotta per l'india
(terzo viaggio)

... scendeva il sole
oltre la finestra del mondo
trascinando con se
il giorno ormai stanco.
Ci apparve come paradiso
la bianca spiaggia di Goa
tra infinite palme da cocco
e un mare pistacchio
macchiato da ombre rosate.
Profili ambrati di corpi di donna
si immergevano in acqua
mentre i loro abiti arancio e zafferano
danzavano nel vento
in quell'oriente lontano.

in volo

Il mare è una cima
di nostalgia.
Magari avessi ali
come un angelo
per planare sopra onde lontane
e ricordi immaginari.

secoli fa

Scendendo per il Nilo
mi sorpresi
fronte alle colonne di El Karnak.
Chi lo costruì
aveva mani di mago
chi lo concepì
mente di genio.
Vennero da tutto il mondo
in quel tempo conosciuto
per partecipare
alla costruzione del tempio
per questa ragione
secoli fa
il grande architetto
mi chiese come interprete.

Messaggio da Gerusalemme

Il mare era
color d'argento
la nave andava lenta
in cerca di venti.
Fu una terribile discussione
tra gli agressivi templari
e noi, Cavalieri di Malta
brillarono le armi
in nostra mano
accecati dalla collera
e dal forte riflesso
del sole sulle lame.
Per fortuna giunse
un piccione viaggiatore
portando notizie
di alleati in pericolo.
Avevo amici tra i mori
però l'alleanza
e questa stupida guerra
ci fecero gridare uniti:
Verso Gerusalemme!

lisbona 1985

Di fronte ai palazzi
di Lisbona
è lo stupore
rimango estatico, felice
guardandoli
come se li conoscessi...
si, quello stile
quelle forme...
li ho già visti?
la senzazione molto forte...
ho già vissuto qui?
un sorriso di serenità
mi accompagna
passeggiando per gli ampi viali
la senzazione molto forte...
salpai da qui?
per esplorare i mari
fino alla sponda del mondo
cercando pepe, chiodi di garofano
cannella, zafferano
fortuna e avventura?

Al farsi notte
aprendo la porta di un palazzo
mi affittano una stanza
sono gente di Goa
la senzazione molto forte...
ho già visto questi profili?
queste *silhouettes*?
credo di si...
li ho già visti!

barcellona 1985

Seduto nella Plaza Real
osservo la mezzanotte
l'aria che rinfresca i corpi
l'ubriaco adirato
che rompe una bottiglia
il barman che lo butta fuori
due gitani e una chitarra
che ritornano a casa.
Alzandomi mi dirigo
verso la cattedrale
tra i vicoli del Barrio Gotico
nella Calle del Bisbe
mi riconosco
quasi ricordo
passando per di quà
con i *capitani*
durante il *Siglo de oro*.

mattina nel principato di monaco

A Monaco
mi dirigo verso il bar
di Place des Moulins
odo: Angelo !
sorpresa e piacere
di incontrare Laxman
indù di Goa
mi invita per un caffé
parliamo di lavoro
della sua India
con suo zio Gérard
di Bombay
parliamo di tutto
e di nulla
il tempo passa
gradevolmente
viaggiamo nelle parole
come cicogne che migrano
conoscendo dove vanno.

il cobra

Sono tra gli uomini
che attendono
spesso impazienti
i segni della vita
siano dolci o amari
aspettando
da un belvedere invisibile
collocato tra rumori e silenzi
sono tra gli uomini
che osano avventurarsi
in campi sconosciuti
con prudenza
come il cobra adattandosi
ai movimenti di colui
che suona il flauto
sono tra gli uomini
che vogliono vedere
sino nel fondo
di ciò che li attende
anche percependo a volte
il pericolo
pur essendo sicuro
di reincarnarmi in un girasole.

la biblioteca

Si svegliava all'albeggiare
il cielo in filigrana
illuminando raggio dopo raggio
Alessandria la colta
la magnifica.
Passai tutta la notte
archiviando
manoscritti di astronomia
di geometria
fuori nell'*agorà*
tumulti, guerre di religione
voci incitanti a bruciare i libri
questi tesori che tocco con mano
questi preziosi riflessi
di umanità.

come un monaco buddista

Percepisco la poesia
che muove attorno a me
ricordo di Parigi
l'anno scorso
un autunno caldo freddo
tre giorni
nel palazzo dell'UNESCO *
il recital di poesia **
parlando arabo
quasi un sogno
momento irreale.

Percepisco la poesia
distesa fronte a me
nulla muove
starà riposando?
forse morendo?
a volte un vento idiota
si oppone ai desideri

---

* congresso all'UNESCO dal titolo : *Dialogo tra le Nazioni*, organizzato dalla Fondazione Abdul Aziz Saud al-Babtain per la Creatività Poetica, Parigi, 2006.
** Recital Internazionale di Poesia a *l'Institut du Monde Arabe*, Parigi, 2006

non importa
resterò in attesa
paziente
come un monaco buddista.

Percepisco la poesia
giocando un poco a lato
osservo attento
sono senzazioni
come una brezza magica
un canto antico
qualcosa si incolla alla mia pelle
segni sorprendenti
giungono da lontano
qualcuno mi ha sognato.

Percepisco la poesia
danzando attorno a me
una penna, un caffé
una finestra aperta
il largo balcone è un'altana
in mezzo alla natura.

Tuttavia percepisco
si, percepisco
la lirica vicina
dopo aver pulito il tutto
da equivoci messaggi
così, quando cadrà la notte
ed anche le stelle
entreranno nella stanza
in tre saranno presenti
all'appuntamento
la poesia
il destino
io.

la prossima vita

Ombre rosse
si stringono in se stesse
lentamente
fino a chiamarsi notte.
Sono secoli, millenni
che si ripetono senza
ripetersi
negli istanti del crepuscolo
quando le riflessioni
si vestono di serenità
accompagnandoci
verso la prossima vita
la reincarnazione.

attrazione fatale

Mi chiama l'India
come fosse attrazione fatale
mi chiama, mi chiama
è un sitar
un gioco di voci e *tabla*
Zakir Husain
e melodie di Shivkumar Sharma
tutto il desiderio
che non so da dove viene
tutta l'anima che cerca il *nirvana*.
Mi attrae dalle profondità
di un pozzo antico
mi vedo camminare
sul lungomare di Bombay
mentre qualcuno mi sussurra :
Ti stanno cercando, ti attendono
nel tempio di Ganesh!
La musica ondeggia attorno a me
non mi lascia
intravedo foreste inesplicabili
intuisco ruggiti di tigri.
Mi chiama, mi chiama
come fosse attrazione fatale.

l'anima e il corpo

Dicono che sono chiaccherone
più giovane mi dicevano :
Perché non parli mai?
Non rispondevo
restando in apnea
senza risposte
senza domande.
Appena, riuscivo a riunire
stralci di vite precedenti
per comprendere
quello che facevo laggiù
dove stavo.
L'anima e il corpo
non si riconoscevano
dopo oltre cinquant'anni
di vita comune
ora, chissà
si stanno accettando.
Seguo cercando e non cercando
altri pezzi di vite vissute
viaggio dentro e fuori di me
come un arcobaleno

vedo cento e più mani
stringendo la mia
e un'aquila reale
planare elegante
nel mio sguardo.

i due pavoni

Arrivai a notte piena
notte gelata e bianca di neve
fredda come un urlo
ululato di lupo
lui, impaziente mi attendeva
nel giardino di Wallenstein.
Il pavone reale rincorreva
il pavone albino.
Era entrato nel suo spazio?
Amavo questo giardino
dove in tempi migliori
ero spesso invitato.
Quando vide il manoscritto
che portavo dall'Italia
gli occhi di Keplero
si illuminarono
ebbero un lampo, poi un sorriso
e se ne andò
con il libro sottobraccio
dicendomi: A domani!

le donne di baku

Non so dove mi porta
questa carovana
ma intuisco
che mi porta dove voglio.
Un periplo iniziato
oltre cinquant'anni fa
numerose le tappe
bisogna fermarsi per riposare
ristorarsi
fare un bilancio
tra il prima e il dopo
riprendere le forze
e continuare.
Mi dicono che hanno rapito
Sherazad
ed anche le sue notti
ma restano le tracce
scritte su eleganti libri
rilegati in pelle di luna
con titoli a caratteri d'oro.
Attraversa la carovana
un deserto senza nome

dove si odono commoventi
canti in lingua *azeri*.
Ho inteso parlare delle sirene
delle loro voci
ho inteso dire, delle donne di Baku
delle feste notturne
attorno al Mar Caspio.
Sostando in cento caravanserragli
ho incontrato poeti attorno al fuoco
alcuni mi attendono a Boukhara
altri hanno scelto città invisibili
altri ancora l'elisse della parola.
Ho incontrato mercanti d'uomini
schiavi circassi alle catene
nei loro occhi nessun timore
solo il nulla dimorava.
Ho conversato con Touaregs
sempre fedeli a se stessi
portavano sale e novelle andaluse.
Ho visto le dune di Gao
accarezzate dal vento
cambiare forma tra i bagliori

di mille astri azzurri
e un anziano chino in case di sabbia
copiare antichi manoscritti.
Mi dicono che
eviteremo le montagne
da dove scendono briganti rapaci
affamati di cose e persone.
Odo un cantastorie
inventare leggende uzbeche
e convincersi di quello che dice.
In cammino
ci ferma un viandante, entusiasta
racconta del golfo di Aden
di donne velate
di pirati, pescatori di perle.
Riprende la marcia, la carovana
la guida mi parla di torri
avvolte da muschio e mirra

mi narra di mesi aridi
dell'oscurità del fondo dei pozzi
di nuvole di polvere
al passaggio di tribù nemiche
mi vende pugnali afghani
sapone d'Aleppo.
Al tramonto sostiamo
presso Kurdi che giocano a scacchi
sceicchi arabi declamanti versi.
Sento dire dei mistici sufi
dei monasteri di Konya
dove danzano a cerchio i dervisci.
È un notturno di falò e sciacalli in pena
una notte di pane, favi di miele
i nostri corpi di muscoli e d'ossa
stanchi si adagiano al suolo
sotto coperte di lana
e l'affetto delle stelle cadenti.

tre volte
(Déjà vu)

Le dita cercano sul globo, Benares.
Chissà perché, forse
mi diletta, mi delizia
la magia del suono della parola.
Vi sono nomi di città
che pronuncio con amore
sopratutto, le straniere
un modo di viaggiare
senza movimento.
Lo spirito errante
con l'immaginazione
e già vedo dei *sari*
gialli, verdi
arancio, zafferano
dei turbanti neri, bianchi
rossi, blu
vedo la moltitudine
che vive, muove
dove le grida, le risa
i moniti di ciascuno
i saluti
diventano folla di voci.

Vorrei nascervi, in questo posto
e raggiunta l'età adulta
bagnarmi nel Gange
con gli altri
entrare nel tempio, attraverso
sette porte
decorate con chiodi d'oro
e scimmie impazzite.
Visualizzo, però non vedo
il colore del cielo, e guardo
guardo verso il basso.
Temo un cielo rosso
oltre i limiti dell'immaginario
eppure
vorrei nascervi in questo posto.
Benares! Benares! Benares!
L'ipirazione suggerisce
di recitarlo tre volte
come una preghiera, un ritornello
un gioco, un indovinello
dove si celano verità nascoste
su mondi improbabili
sul *déjà vu*.

Al di là della folla
mi attira qualcosa, qualcuno
oltre la città, verso
un villaggio qualunque
vedo un anziano
sotto un grande albero
la fronte dipinta a colori rtuali
la lunga barba, d'un bianco ancestrale
lo sguardo assorto
fisso all'infinito.
Anche il cielo è assorto
in contemplazione
in simbiosi con l'essere umano.

Ricordi sommersi, mi dicono
che mi hanno scritto da Bangalore
lettere inviate tra notti di plenilunio
e sette ruggiti di tigre.
Vedo giungle d'uomini, d'alberi
lasciate da pioggie monsoniche
radici aeree, rami che crescono
verticalmente.
Il suono del *sitar*

mi spalanca le porte
di un ipnotico mondo
mi invitano a bere del té
dentro un bianco marmoreo palazzo
avvolto da liane, fogliame.
Bangalore! Bangalore! Bangalore!
L'istinto suggerisce
di recitarlo tre volte
come un ritmo, un eco
un reverbero dentro il nome
la parola.
Il conduttore d'elefanti
mi invia cenni strani, eppur già visti
nuovo alfabeto, messaggio in codice
indicazione futura, richiamo di memoria.
Odo il tintinnare delle cavigliere
e muliebri canti
vedo danzatrici esperte
sotto l'egida di Sarasvati
odo il frusciare di serpenti sinuosi
attratti dalla bellezza, dai gesti sensuali.
Bimbi scalzi bevono latte di cocco
danno calci a una palla di stoffa
donne *tamil* marciano in gruppo

secchi d'acqua sul capo.
Oltre il tutto, vedo un anziano
sotto un grande albero
la fronte dipinta a colori rituali
la lunga barba, d'un bianco
ancestrale
resta immobile, seduto
posizione fior di loto
osserva, a sua volta
estatico
mi riconosce, lo riconosco
disegna un sorriso e alza la mano
per salutare.

Mi ha fatto cercare
il *maharajah* di Jaipur
da tre volte trenta giorni
mi ha fatto cercare.
Lui sa che vengo
da Oriente e Occidente
che possiedo le lingue
l'arte delle metafore
la conoscenza dei paesi
delle spezie, delle perle.

Posso vederlo
nella sua nobile fierezza
dentro al palachino, dondolante
a dorso del pachiderma più bello
anche lui fiero e cosciente
di essere privilegiato, addobbato
di rubini e stoffe principesche.
Lo precedono sette pantere
al guinzaglio
di obbedienti palafrenieri.
Mi ha fatto cercare la *maharani*
inviandomi tre messaggeri
dai suoi palazzi rosa
verso i templi dove studiavo
accattivanti sculture erotiche.
L'ho saputo da un anziano
mi attendeva
all'ombra di un grande albero.
Jaipur! Jaipur! Jaipur!
L'esperienza mi invita
a recitarlo tre volte
come un esercizio
una sfida, una prova
come un poeta.

Indice

11 Introduzione
13 Il movimento del mondo

15 **Rotta per l'India**
16 Viaggi onirici
18 Costellazioni
20 Acqua
22 Il cedro
24 La calma
25 Assurbanipal
26 Al Andalus I
27 Al Andalus II
29 Rotta per l'India (Primo viaggio)
32 Rotta per l'India (Secondo viaggio)
33 Rotta per l'India (Terzo viaggio)
34 In volo
35 Secoli fa
36 Messaggio da Gerusalemme
37 Lisbona 1985
39 Barcellona 1985

40 Mattina nel Principato di Monaco
41 Il cobra
42 La biblioteca
43 Come un monaco buddista
46 La prossima vita
47 Attrazione fatale
48 L'anima e il corpo
50 I due pavoni
51 Le donne di Baku
55 Tre volte

© 2016, Angelo Rizzi

Éditeur : BoD-Books on Demand
12/14 rond point des Champs Élysées, 75008 Paris, France
Impression : Books on Demand, Norderstedt, Allemagne
ISBN: 9782322096756
Dépôt légal : fèvrier 2018